तेरी यादें... कविता की कड़ियाँ

Evincepub Publishing

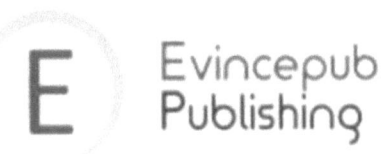

Evincepub Publishing

SMIG - 65, Parijat Extension, Bilaspur, Chhattisgarh 495001

First Published by Evincepub Publishing 2017
Copyright © Kalpana Kashyap 2017
All Rights Reserved.
ISBN: 978-1-5457-1049-4

"तेरी यादें..."

कविता की कड़ियाँ

कल्पना कश्यप

पुस्तक के बारे में

तेरी यादे.... कविता की कड़ियाँ

इस पुस्तक में लेखिका ने अपनी एवं कुछ सम्बंधित लोगो की भावनाओ को कविता का रूप देने की कोशिश की हैं। प्रेम पर आधारित इस पुस्तक में प्रेम के अनेक रूपों को देखा जा सकता है। जैसा की इसका शीर्षक है "तेरी यादे" जो किसी के प्रेम की यादो, स्नेह, प्रेम में होने वाले छोटे नोक–झोंक, रूठना–मनाना आदि को याद करते हुए लिखा गया है।इन कविताओ से किसी के ह्रदय को आहात नहीं किया गया हैं ना ही ये कविताये किसी की निजी जिंदगी से ताल्लुख रखती है, लेखिका ने इसे अपनी भावनाओ के तौर पर प्रस्तुत किया है। लेखिका की आकांक्षा है कि जो लोग इन कविताओ को पढ़े वो अपने प्रियजनों से प्रेम करे ना की उनसे दूर जाकर उनको चोंट पहुचाये।

लेखिका के बारे में

लेखिका कल्पना कश्यप की ये पहली पुस्तक है। लेखिका प्रेम सम्बंधित कविताओ के आलावा अन्य विषयों पर भी कविता लिखती है। लेखिका का मन अति संवेदनशील है जिसके कारण वह आस पास के वातावरण से जल्द ही प्रभावित हो जाती है और इस प्रभाव से अपनी भावनाओ को कविताओ के रूप में प्रस्तुत करती है। लेखिका की कविताये प्रेम के आलावा स्त्रियों की रामाज में स्थिति, देश के वर्तमान हालत आदि से सम्बंधित होती है। लेखिका को कविताए लिखने के आलावा नृत्य करना, मित्रों के साथ घूमना, लोगो से बाते करके उसके बारे में जानना और उसका विश्लेषण करना पसंद है।

विषय सूची

क्र.	कविता	पृष्ठ
1	इसलिए मुझे बरसात पसंद है	1
2	जब से हंसी तेरी मुझसे रूठ सी गयी	6
3	तुझसे ही	9
4	फिर से...	13
5	अनदेखा सपना	16
6	मुकद्दर का जवाब आया	20
7	है तो बस इंतजार तेरा	25
8	साथ मेरा निभाना	29
9	रिश्ता	33
10	प्यार है तुझसे	37
11	खफा ना मुझसे होना	42
12	दुनिया है आपसे	46
13	तू साथ रहे हरदम मेरे	49

1

इसलिए मुझे बरसात पसंद है

अश्को के सारे बूँद छुप जाते,

आँखों में नमी ना नजर आते

जुबां सिले से रहते,

कोई अलफाज ना निकल पाते

तेरा ये अंदाज भी पसंद है,

इसलिए मुझे बरसात पसंद है।

भीगे चेहरों के सारे भाव

एक से ही लगते हैं,

दिलो के सारे घाव

एक से ही लगते हैं,

भीगना मुझे भी पसंद है,

इसलिए तो मुझे बरसात पसंद है।

हरियाली भरे इस मौसम में,

दिल के किसी कोने में मायूसी सी है।

आलिंगन को बेचैन ये बाहें,

आँखे किसी के इंतजार में खोई सी है।

इंतजार मुझे भी पसंद है,

बरसात मुझे भी पसंद है।

अफसोस तेरी खुशियों का

जरिया ना बन सके हम,

उदासी भरे फिर से

ये हालात पसंद है,

इसलिए तो मुझे बरसात पसंद है।

ता उम्र मुआफी,

खुद को न दे पाएंगे

बेचैन तेरे दिल को,

शायद फिर बहला ना पाएंगे।

तेरी इस बेचैनी की वजह मैं हूँ

मुझे ये बात पसंद है,

इसलिए तो मुझे बरसात पसंद है।

इस बरसात कोशिश करना,

तेरे जहन में मेरी तस्वीर भी भीग जाये,

कमत-से-कम इसी बहाने

तू उस ओर भी जरा रुख फरमाए।

प्यार हो या हो दर्द

तेरी हर याद पसंद है,

इसलिए तो मुझे बरसात पसंद है।

———◆———

2

जब से हंसी तेरी मुझसे रूठ सी गयी

खुशी अब अपनी नहीं बेगानी हो सी गयी,

दुनिया के भीड़ में अंजानी हो सी गयी।

दोनों के बिच की कश्मकश जैसे टूट सी गयी,

जब से हंसी तेरी मुझसे रूठ सी गयी।

ये चारो पहर गवाह है,

अश्कों से डूबे कमलो के

मगर ना प्यास बुझी उसकी,

इस दर्द में मेरी आस गुम सी गयी

जब से हंसी तेरी मुझसे रूठ सी गयी।

मेरी अपराधों की सूची दिन–ओ–दिन बढ़ती जाएगी,

बदनामी तुम्हे छू भी ना पायेगी

जो दोष मेरे साथ है, साथ चली जाएगी

जिन्दगी से लडाई में, मैं फिर हार सी गयी।

जब से हंसी तेरी मुझसे रूठ सी गयी।

———◆———

3

तुझसे ही

जो कुछ मैंने पाया है,

तुझसे ही।

जो कुछ मैंने चाहा है तुझसे ही

अब तू करे ये फैसला,

मैं जियूँ तुझ बिन या मर जाऊँ।

मैंने माँगा है दुआओं में तुझको ही,

मैंने पढ़ा है नमाजों में तुझको ही

अब तू करे ये फैसला,

मैं जियूँ तुझ बिन या मर जाऊँ।

एक पल तुझ बिन,

अब मुझको गवारा नहीं,

मुझे साथ मिल जाये तेरा,

दूसरा कोई राजा नहीं।

उम्र भर का साथ मैं

ऐसे ना टूटने दूँ

रब को भी कभी तेरे लिए,

मैं कभी ना रूठने दूँ।

मेरी ये सारी ख्वाहिशें तुझसे ही,

अब पूरी हुई मेरी तलाश तुझपे ही

अब तू करे ये फैसला,

मैं जियूँ तुझ बिन या मर जाऊँ।

तेरे साथ साथ मैंने,

जिन्दगी मेरी पायी है,

सारी दुनिया की खुशियां,

तुझमे ही समायी है।

तेरा हाथ मेरे हाथ में जब होता है,

बाकी सब मुझे बेगाना सा लगता है।

मेरी दर्दों की राहतें तुझसे ही,

खुदा से मिली आयतें तुझसे ही

अब तू करे ये फैसला,

मैं जियूँ तुझ बिन या मर जाऊँ।

जो कुछ मैंने पाया है,

तुझसे ही।

जो कुछ मैंने चाहा है तुझसे ही

अब तू करे ये फैसला,

मैं जियूँ तुझ बिन या मर जाऊँ।

4

फिर से...

मोड़ नया है आया फिर से

रंग नया है छाया फिर से,

सुबह की लाली के जैसे

उमंग नया है जगा फिर से।

दुनिया की बातों से क्या डरना?

जब साथ तुम्हारा पाया है,

तुम साथ निभाना इसी तरह

मुझे छोड़ तुम ना जाना फिर से।

बातें तुम्हारी अच्छी लगती,

बातें बंद ना करना,

दिन याद से तुम्हारे गुजरता,

ये याद मुझे दिलाना फिर से।

———◆———

5

अनदेखा सपना

जरा सी राहत पाने,

तूने बदल दिया आशियाना अपना,

तुझको याद कर ही मैंने,

बिताया हर लम्हा अपना।

अब ना जाने कैसे समझाऊँ मैं तुझे

प्यार है मेरा ना कोई अनदेखा सपना।

बोझिल आँखों तक इंतजार करती हूँ

जागती निगाहों से ख्वाब बुनती हूँ

तुझे अपना सब कुछ माना मैंने

पर तू मान न सका मुझे अपना।

तेरी राह तकते अभी भी बैठी मैं,

तेरी याद में आंखियां भिगोती मैं,

काश तू समझ पाए कश्मकश मेरी

काश तू सुलझा पाए उलझने मेरी।

इंतजार करुँगी तब तक

जब तक तू समझ मुझे ना ले,

प्यार करुँगी तब तक

जब तक जिन्दगी में मुझे ना ले

समझा न तुझे और मैं पाऊँगी,

जो समझने की चाह भी न रखे तू

सब छोड़ बहुत दूर चली जाउंगी।

मुझे बर्दास्त नहीं ये तेरी खफा जुबां के लफ्ज,

तोड़ तेरी चुप्पी सब कुछ कह जा अब

जिद कहले या कहले इल्तेजा मेरी,

क्योकि तुझसे ही है हर खुशी मेरी।

6

मुकद्दर का जवाब आया

कुछ नहीं बस यूँ ही ख्याल तेरा आया,

तुझसे न मिलाने का मुकद्दर का जवाब आया।

यूँ ही एक इत्तेफाक से हम मिल बैठे थे किसी दिन

मिलते ही बस फिर जोर सारा आजमाया।

वक्त के खिलाफ हो जाने से,

दूरियां नहीं आनी चाहिए,

मुश्किल वक्त भी हमे साथ

मिलकर बितानी चाहिए।

कुछ बातों को याद कर

अपना दिल ऐसे ना दुखाओ,

हम तुमको नहीं देख सकते ऐसे

प्लीज जरा मुस्कुराओ।

गलतियां मुझसे होती रहती हैं

ये तुम्हे भी है पता

थोड़ा मुझे भी माफ कर प्यार अपना जता।

तुम्हारी बेरुखी हमे परेशान कर देती है

मेरे दिल–ओ–दिमाग को जैसे झझकोर देती है।

तुम्हे ऐसे अकेले रहने देना मेरी मजबूती है,

पर समझो, जिन्दगी चलाने, कुछ काम भी जरुरी है।

मैं हमेशा अपराध बोध महसूस करती हूँ

किसी से कहती तो नहीं पर हर रोज मरती हूँ।

हसने की वजह मैं तुम्हे ही समझती हूँ

मानो न मानो तुमसे प्यार बहोत करती हूँ।

और किस सलीके से

हाल—ए—दिल मैं बयां करूँ

तुम ही बताओ ऐसे मैं

कब तक खुदसे लड़ूँ।

हिम्मत जैसे मेरी टूटते जा रही है,

साँसे मुझसे मेरी रूठते जा रही है।

अब सोचलो तुम्हे क्या करना है,

जिन्दगी मुझसे मेरी दूर होते जा रही है।

7

है तो बस इंतजार तेरा

आई तेरी याद कुछ इस कदर,

दिल सम्हल ना पाया मेरा

आँखों से टूट पड़े दिल के अरमान,

पर अश्कों का साथ ना रहा

है तो बस इंतजार तेरा।

तेरे बिना अधूरी हुई,

तुझ बिन गुमसुम शाम हुई।

तेरी आहट सुनने को तरस गए

तुझे याद करके बहक गए,

है तो बस इंतजार तेरा।

पलकों पे तेरी याद लेके,

इन अश्कों को है थामे हुए
करती हूँ, तो बस इंतजार तेरा।

इंतजार बस तेरा कर रही अब भी
क्योकि मैं हूँ तेरी
बस एक दफा सीने से लगा ले
एहसान होगा तेरा
क्योकि, है तो बस इंतजार तेरा।

क्या कहुँ आज अलफाज नहीं,
मेरे लफ्जो में आज वो अंदाज नहीं
डरी हुई, सहमी हुई,
बनने की कोशिश में तुझसी
है तो बस इंतजार तेरा।

तुझसे दूर होके जैसे मर ही गयी
कब आऊं तेरे पास,

है तो बस इंतजार तेरा।

जब मिलोगे तो सारी हसरत कर लेंगे पूरी
पर वो दिन वो शाम कब आये,
है तो बस इंतजार तेरा।

खुदको खोने से पहले तुझे पाना चाहूँ
खुदके टूटने से पहले तुझे सम्हालना चाहूँ
है तो बस इंतजार तेरा।

तू क्यों मेरे पास नहीं, मुझे जरुरत तेरी,
गलती हुई मुझसे दूर जो हुई तुझसे
पर फिर भी, है तो बस इंतजार तेरा।
इंतजार तेरा, इंतजार तेरा, अब भी है इंतजार तेरा...!

———◆———

8

साथ मेरा निभाना

दुनिया जैसे बदल गयी

वक्त जैसे है थम गया,

जो लफ्ज कहे है तूने मुझसे

सुनने को दिल फिर कह रहा।

मेरी खुशी तो तुझमे है

है मेरी हंसी भी तुझमे,

प्यार तुझे भी है मुझसे

है प्यार मुझे भी तुझसे।

ये कैसा रिश्ता है

ना इकरार न इजहार,

अल्फाज नहीं बयां करने को

चुप्पी तोड़ू तो कैसे।

ये दिल तेरी याद में,

कुछ सपने भी बनता है

कुछ ख्वाब सजाना चाहती

पर तेरे इन उसूलों ने,

है रोक रखा मुझे।

तुझमे सिमटने की ख्वाहिश

तुझसे लिपटने की खुशी

बया न कर पाऊं वो

जो दिल ने है महसूस की।

तेरे लिए अब रहूं सदा

एक पल भी दूर ना जाना

कुछ रिश्ते मानकर

तू साथ मेरा निभाना।

———◆———

9

रिश्ता

तू है तो जिन्दगी में क्या गम

तू है तो आँखे क्यों हो नम

तू तो है मेरी सुबह और शाम

तेरे प्यार के सिवा मुझे

और कहा कुछ काम।

हर सफर में तू साथ मेरे

हर नजारे में तू पास मेरे

जब गुस्ताखी मुझसे हो जाये

तू प्यार से मुझे समझाए।

ये कैसा रिश्ता हम दोनों का

प्यार से भी घबराये

है नाम तो इस रिश्ते का पर,

न कुछ भी समझ में आये।

तू बन गया है आदत मेरी,

करूँ मैं इबादत तेरी

तेरा गुस्सा लगता प्यार,

तेरा प्यार जैसे संसार

तू झगडे मुझसे करता है,

पर फिक्र भी मेरी करता है।

तू याद हमेशा रहे मुझे,

न तुझे भूल मई पाऊँगी

तू साथ हमेशा रहे मेरे,

रब से दुआ यही मांगूंगी

तू मान मुझे ना मान मुझे

तुझे "मान" ही बना मैं जाउंगी।

———◆———

10

प्यार है तुझसे

जुदा कैसे हो जाऊँ तुझसे,

खफा हो जाऊँ तो भी कैसे

प्यार है तुझसे।

तू मेरी हिम्मत, तू मेरी ताकत,

मैं टूट भी जाऊँ तो कैसे

प्यार है तुझसे।

रोने को दिल भर आ रहा,

पर ऐसे क्यों रोऊँ जब,

प्यार है तुझसे।

इस तरह तुझसे दूर होकर

ना रह पाऊँ एक पल भी

पर है मेरी मजबूरी जबकि,

प्यार है तुझसे।

मेरी साँसे भी पूछे मुझसे,

है कहाँ वो, क्यों तेरे पास नहीं

अब कैसे मैं बताऊं के,

प्यार है तुझसे।

तेरी बाहों में ही तो सुकून मिलता,

तेरी आगोश में ही नींद आती

पर दिल को मैं कैसे समझाऊँ के,

प्यार है तुझसे।

तू दूर रहे कोई गम नहीं,

तेरे दिल के पास तू मुझे रखे

बस अब मैं यही चाहूँ क्योकि

प्यार है तुझसे।

प्यार है तुझसे तो याद में रोती क्यों हूँ

तेरे ख्वाबों में ना सोती क्यों हूँ

हाँ, प्यार है तुझसे।

मेरी हर खामोशी कह जाती है कि,

प्यार है तुझसे। प्यार है तुझसे। प्यार है तुझसे।

———◆———

11

खफा ना मुझसे होना

मुझसे जुदा ना होना तुम,

दूर ना मुझसे होना

तू मेरी जिन्दगी का हिस्सा है,

कभी खफा ना मुझसे होना।

ख्याल तुम्हारा रहता है,

हर पल दिल ये कहता है,

तू दुआ है मेरी है मेरा करम

ये करम ना मुझसे खोना

तू मेरी जिन्दगी का हिस्सा है,

कभी खफा ना मुझसे होना।

तेरा साथ है अगर

तो ये जिन्दगी   पूरी है,

जो छोड़ तू मुझे गया,

तो मौत भी अधूरी है

अकेले अगर रह गयी,

जिन्दगी को खतम है होना

तू मेरी जिन्दगी का हिस्सा है,

कभी खफा ना मुझसे होना।

जो बीता पल तेरे साथ

खुशनुमा था मिजाज मेरा

तेरी बांहे है पनाह मेरी

तेरी आँखों का अंदाज है होना

तू मेरी जिन्दगी का हिस्सा है,

कभी खफा ना मुझसे होना।

———◆———

12

दुनिया है आपसे

हमारी जिन्दगी आपसे, हर हंसी, हर खुशी आपसे

होकर जुदा ना जी सकेंगे हम,

हमारी हर शाम की महफिल आपसे

ताज्जुब नहीं होता इन अल्फाजों से अब,

क्योकि किस्मत नहीं मिलने देगी आपसे।

भुला ना पाएंगे आपको कभी,

जुदा न हो पाएंगे आपसे

ये जिन्दगी बस दो पल की है

हमारे ये दो पल भी है सिर्फ आपसे

शायराना अदा हो गयी हमारी,

जब से चोट मिली आपसे।

खुदा भी देख रहा है आपकी मजबूरियाँ,

पर हमारी मजबूरी है आपसे

तोहफे में खुशी ना मिल पायी,

पर सीखा अब जीना आपसे

आपके लिए हम दुनिया से लड़ जाएँ,

क्योकि हमारी तो सारी दुनिया है आपसे।

———◆———

13

नया जमाना

मैं चलने को तैयार हु तुझ संग,

बस शर्त है कि तू मुझे धोखा ना दे

मैं रहने को तैयार हु तुझ संग,

बस शर्त है तू साथ रहे हरदम मेरे।

ये नहीं कि मैं कमजोर हूँ

मुझे डर है कोई तुझे दगा ना दे।

इंसान भी हूँ सिर्फ नारी नहीं,

मजबूत भी हूँ सिर्फ हारी नहीं

अबला तो कहना ही नहीं,

बस वक्त की हु मारी।

लीडर सी आगे आती

दोस्ती भी खूब निभाती

लड़को संग दिन रात काम करती,

फिर भी उनसे कम आंकी जाती।

सिर्फ आज का दिन ही

क्या नारी दिवस मानना है?

अरे भाई रोज करो सम्मान,

आखिर ये नया जगाना है।